KB070678

나의 꿈을 이루어주는 공책

그빛 도현

멋지게

꿈을 이루는

________________________ 에게

이 책이

부디

잠깐의 위로와

희망의 불씨가 되길

진심으로 이 마음이 닿기를

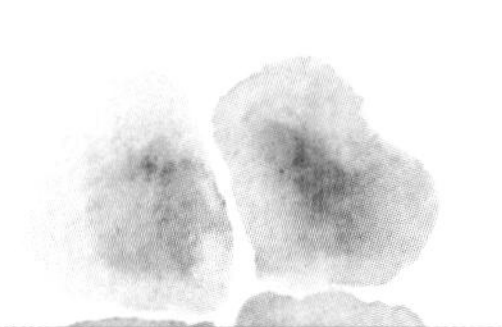

차 례

다시 시작

다시 시작

글빛 도현

그동안의

모든 슬픔은

이제 안녕

오늘부터

행복할

계획입니다

새로운 책을 읽고

새로운 음악을 들으면서

다시 시작

새로운 시작은

뭐든지

좋다

생각이 너무 많아서

아무것도

시도조차 못 하는 나에게

이제

시작해도 된다고 말해줘

지금

어떤 상황이든지

상관없어

이제

원하는 삶을 살아도 돼

누구보다

나를 먼저 믿어주기

뭐든

새롭게 시작을 하려면

자신에 대한 믿음이 먼저 있어야

할 수 있어

자신에 대한 믿음은

스스로를 누구보다

중요한 존재라고 생각하는 거야

평범하고 똑같은 하루하루가

지루한 일상이라 생각했다

그런데

그 지루한 일상이

무엇이든지

시작할 수 있는

기회의 시간이라는 것을 알게 되었다

쌀쌀해지기 시작한 어느 가을날,

평소와 같이 아침에 일어나 화장실에 갔다.

그런데 왼쪽 귀가 물속에 잠긴 느낌이 들었다.

“어? 왜 이러지? 어제 샤워할 때 귀에 물이 들어갔나?”

왼쪽으로 고개를 숙이고 면봉, 손수건으로 귀를 닦아보고 깡충깡충 뛰어보고 고개를 흔들어봐도 왼쪽 귀가 물에 잠긴 느낌으로 소리가 전혀 들리지 않았다.

바로 가까운 이비인후과로 달려갔고 검사를 받으려고 대기하고 있었다.

사람들이 대화하는 소리가 무슨 말인지 잘 들리지 않았다.

그때부터 손에 땀이 나기 시작했다.

검사가 끝난 후 의사 선생님께서는 심각한 표정으로 큰 병원을 가봐야 할 것 같다고 하셨다.

병명은 돌발성 난청으로 어느 날 갑자기 난청이 되는 것인데 원인도 이유도 모른다고 하셨다.

치료를 받더라도 완치될 확률은 30%라는 말에 나는 할 말을 잃었다.

그냥 똑같이 자다가 일어났을 뿐인데 어떻게 이런 일이… 현실을 믿을 수가 없었다.

나는 치료를 받으면서도 하루 종일 난청으로 유명한 병원과 유명한 의사를 검색하느라 전부의 시간을 보냈다.

난청을 치료할 수 있는 방법만 알아보며 나에게 실험하는 시간으로 하루하루를 보냈다.

치료약의 부작용으로 지금까지 겪어보지 못한 통증을 느꼈지만, 그냥 평범했던 일상으로 다시는 못 돌아간다는 생각이 더 두렵고 무서웠다.

3주 정도 지나면서 완치되는 것은 이미 포기하고 기도를 했다.

"앞으로 아무것도 바라지 않을 테니 그냥 제발 나의 평범했던 일상으로만 돌아가게 해 주세요."

세상의 모든 신을 부르며 간절히 기도했다.

나는 완치할 수는 없었지만 일상으로 아주 천천히 돌아올 수는 있었다.

그리고 이렇게 말했다.

이제 뭐든 다시 시작할 수 있어!

이번에도 잘 이겨낼 거야

아무도 미래는 알 수 없기에

누구나 희망과 불안을

동시에 갖고 살아간다

생각했던 일이 뜻대로 안 되면

불안은 훨씬 더 커져 버린다

이때

불안을 줄일 수 있는 방법은

오직

희망을 더 키우는 것뿐이다

시간은

똑같이 흘러간다

잠시도

멈추지 않고

지금

나의 선택은

나를 위한 것일까

타인을 위한 것일까

세상에

완벽해 보이는 건

있어도

완벽한 건 없어

완벽하게 시작하려고

너무 애쓰지 마

조금

부족해야

채울 수 있는 공간이 생겨

좋은 말을

시작하면

좋은 일이 들어온다

긍정적인

마음은

결국

말과 행동으로 나오게 된다

지나고 보니

뻔한 말들에

정답이 숨어 있더라

행복은

마음속에 있어서

아무도 남의 행복을 판단할 수 없어

나에게

따뜻한

말 한마디면

충분해

물 흐르듯

흘러가게 놔두기

사랑을 시작할 때

상대방에게

기대가 크면 클수록

내 상처가

더 커질 수 있어

연기처럼

사라질 수 있는,

내가 지금 힘겹게 잡고 있는 것들은

놔버려도 아무 일 없어

괜찮아

환경과 상관없이

마음이

부자인 사람은

작은 것에도 감사하는 사람이야

생각을 아주 조금만 바꿔도

주변에 감사한 일들이

셀 수도 없이 많아

하루 한 번만

좋은 말 생각하기

그리고

딱 한 명에게

좋은 말 해 주기

일단

나부터

마음 편히

행복하기

“내가 너무 예민하게 반응했나?”

“그 사람 기분이 나빴으면 어떡하지?”

“그 말은 하지 말 걸 괜히 말했어.”

“나는 왜 이렇게 엉뚱한 대답을 해서 분위기를 안 좋게 만들까?”

바쁘게 보낸 하루

남들에게 혹시라도 피해를 주지는 않았을까

걱정하는 당신

이미 이런 생각을 하는 것부터가

사람들은 당신을 오해하지 않을 확률이 더 높다

그러니

걱정은 내려놓고

그냥 마음 편히 쉬어도 돼

내 마음이

향하는 곳으로

집중하기

나는 의지가 약한 편이었다

뭔가를 끈기 있게 해본 적이 없었다

당연히 잘하는 것도 없었고

잠깐 집중했다가도 금세 싫증을 내고는 했다

나는 원래 타고나길

이런 사람이니 바꾸기는 힘들다고 생각했다

그런데

집중하는 습관

끈기 있게 무언가를 하는 습관은

타고난 영역이 아닌 선택의 영역이었다

우리

특별한 날을

기다리지 말고

오늘을

특별하게 만들면 어떨까

괜찮아

네가 어떤 모습이든

상관없어

나에게는 네가

세상의 전부니까

이 세상에

나보다 소중하고 중요한 건 없어

내가 없으면 이 세상도 없으니까

내 마음이 힘들 때

억지로 사람들을 만나는 것은

나를 더 힘들게 하는 거야

우선

나와 대화 나누는 시간이

즐거운 시간이 되어야

회복할 수 있어

많이 힘들었지?

모든 게

다

잘될 거야

이미 지나간 일들이

나를 괴롭히지

못하도록

오늘과 내일만 보면서

어제는 하나씩 흘러가게 놔두자

나를 가장 불행하게 만드는 방법은

누군가와 끝없이 비교하는 거야

그냥 나답게 뭐든 해봐

문제를 해결할수록

지혜가 생긴다

희한하게도

문제 하나를 해결하면

바로 또 다른 문제가 생긴다

돈을 열심히 모으면

꼭 큰돈 나갈 일이 생긴다

이런 일이 반복된다

반복되는 문제는

확실히 나를 지혜롭게 만들어 주는 것 같다

나는

집중을 못 하는 사람이 아니고

다양한 것에

인생의 즐거움을 찾는 사람인 거야

나를

특이하게 보는 사람이 아닌

나를 특별하게 보는 사람에게만

진심을 다하면 돼

사람은 누구나

장점과 단점이 있어

장점을 볼 것인지

단점을 볼 것인지는

그냥

선택에 달려있을 뿐

장점만을 보려고

노력하는 사람은

상대방을 위해서가 아니라

결국

자신을 위해서 그런 거야

누군가

나를 싫어할 때

왜 싫어하는지 이유를 찾으려 하지 말고

인간의 관계에서는

꼭 필요한 과정이라 생각하며

그 사람의 감정도 존중하고

더 중요한 내 감정도 존중하면

그만인 것을

스스로 나를 괴롭히지는 말자

실수하고 잘못하면

제일 속상한 건 나인데

왜 항상 스스로를 탓하고 있는 걸까

탓하기 전에

먼저

위로해 주면 어떨까

누구나

실수하고 후회하고를

반복하는 일상 속에 살고 있어

남들만

아무 일 없이 사는 것처럼

보일 뿐이지

나 혼자

심각하고

진지하고

걱정이 많다

그렇다고 결과가 달라지는 것도 아닌데

전부 지나갈 것이고

괜찮아질 거야

그렇게

하루

이틀

한 달

1년

전부 다 지나갈 거야

인생에서

가징 중요한 과정은

나를 알아가는 과정이 아닐까

약하다고 생각했는데

의외로 강하고

강하다고 생각했는데

생각보다 약하다

그때는 절대 아니었는데

지금은 맞고

내 생각이

정답인 줄 알았는데

지나 보니 반대였고

나는

한결같은 사람이라 생각했는데

1년

5년

10년

생각이 점점 달라지더라

나답게

나에게 맞게

... 열심히 성실하게 살아야지

... 열심히 노력해야지

아무리 열심히 살아도

힘든 순간은 수시로 찾아온다

그럴 때는

“내가 정신 차려야지! 더 많이 노력해야지!”

이런 생각보다는

‘열심히’를

‘나에게 맞게’로 생각을 바꾸는 것이

나를 더 빠르게 다시 일으켜 세워준다

한 번뿐인 인생인데

남이 생각하는 나를

나의 본질이라 생각하며 사는 것

이게 가장 불행한 인생 아닐까

타인이 어떻게 생각하든지

내가 생각하는

내가 되어 살아야 제일 행복할 수 있어

다른 사람이 아닌

나에게 인정받는 내가 되자

남이 아닌

나에게 다정한 하루가 되길

우리는

짧은 시간이든

긴 시간이든

언젠가는 모두가 헤어진다

그럼

누가 제일 마지막으로 남아있을까

바로 나다

누구보다

나에게 다정한 하루하루를 보내는 게

제일 값진 일이다

너무 뜨겁지도

너무 차갑지도 않은

적정한 온도가 딱 좋다

서로 적당한 온도를 유지해야

오래 함께할 수 있지 않을까

아니면

내가 그 온도를 담을 수 있는

그릇이 될 때까지 기다려줘야

서로 깨지지 않겠지

진정한 자유는

내 마음속에 있었다

어릴 때는

빨리 어른이 되고 싶었다

어른이 되면 하고 싶은 건

자유롭게 뭐든지 할 수 있다고 생각했는데

막상 어른이 되니 상상과는 많이 달랐다

한 살 한 살 먹을수록 자유보다는

내 어깨에 책임감이라는 덩어리들만 올라오고

그것이 나를 숨 막힐 듯 짓누르는 듯했다

지금 생각해 보면

나는 그때 누구보다 자유로운 상황이었다

내 스스로

나를 가둬두고 있다는 생각은 전혀 못 했다

내 마음을 감옥 속에 가둬두고

자유가 없다며 환경을 탓하고 불평만 하고 있었다

진정한 자유는 내 마음속에 있었는데

그때 마음속 감옥에서 나를 풀어줄 수 있는

사람도 오직 나밖에 없었는데...

내가

나에게

먼저 말해주기

처음이라

실수하고 서툰 건 당연한 거야

잘하고 있는 거니까

너무 걱정하지 마

못 해도 상관없어

후회 없이 재밌게 그냥 다 해보는 거야

아프고 나면

성장한다는 말

어릴 때는 이해가 안 되는 말이었는데

지금은

맞는 것 같아

남보다

잘하려고 하지 말고

지금의 나보다

잘하려고 했을 때

더 큰 성과가 눈에 보일 거야

천천히 가도

내가 생각하는 길을 가면 돼

누구나

재충전의

시간이 필요해

자동차도

핸드폰도 충전해야 작동할 수 있잖아

만땅 충전하고

조금씩 조금씩

다시 그렇게 움직이면 돼

모른다고

창피해하는 것이 아니라

오히려 배울 수 있는 기회가 생겼다고

기뻐한다면

더 많은 행운의 기회가 찾아올 거야

모르거나 잊어버리는 건 당연한 거야

이 세상에

모든 것을 다 알고 기억하는 사람은 없어

말도

행동도

좋은 습관으로

조금씩 천천히 바꾸기

괜찮아

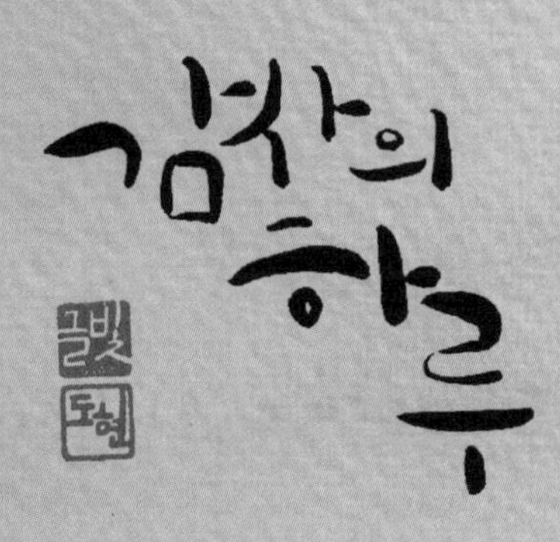
검사의 하루
글빛
도현

나의

소중한

사람들에게

좋은 일이 가득하길

나의 말과 습관은

나의 가장 가까운 사람들에게

전염된다

네가

이 세상에 있어서

다행이야

그냥 버티고 버티던 그런 나날을 보낼 때

성인이 되어 각자 바쁘게 지내면서

가끔씩 연락하던 친구에게

어느 날부터

매일 같은 시간에 전화가 왔다

그냥 안부 전화였고

아주 잠깐의 통화였지만

나에게는 위로받는 시간이 되었다

어느 순간

매일 친구와 통화하는 시간을 기다리게 되었고

그렇게

두 달 정도 되었을 때

갑자기 궁금해졌다

나 : 그런데 너 요즘 왜 나한테 매일 전화해?

친구 : 아... 그냥 네가 힘든 것 같아서...

너를 만나고

내가 더 좋은 사람이 되어가고 있어

아니

좋은 사람이 되려고

노력하고 있어

고마워

아이들이

애착 인형을 안고 있으면

그렇게

마음이 편안해 보여

나도

애착 인형이 있으면 마음이 더 편해질까

칭찬받고 싶으면

민지

칭찬해 주기

내가 듣고 싶은 말들은

상대방도

듣고 싶은 말일 거야

그럴 수도 있지

너와 나를 위한 언어

예전에는

어떻게 저럴 수가 있지?

어떻게 저런 말을?

어떻게 저런 행동을?

그러면서

서로를 이해 못 하는 언어를 사용하며

고치려 할수록

점점 오해만 깊어지고

관계만 나빠질 뿐

좋아지는 건 전혀 없었다

그때

나를 위해 시작한 언어

"그럴 수도 있지."

처음에는

나를 위해 시작한 언어였는데

이제는

서로를 위해서

꼭 필요한 언어가 되었다

누군가는

여름을 기다리고

누군가는

겨울을 기다릴 것이다

다름을 인정하는 순간

모든 관계가 편해진다

말과 행동을

잘 참는 사람들은

바보 같아서가 아니라

상대방을 진심으로 배려하고 있는 거야

나는

나의 소중한 사람들에게

행복을 주는 사람인가

불행을 주는 사람인가

너는 모르겠지?

네가 보석처럼 보인다는 것을

뭐든 귀한 줄 알게 해줘야

함부로 하지 못해

다이아몬드를 보석함에 소중히 보관하듯

자신도 보석함에 넣어야 지킬 수 있어

나는 쉽게 버려지는 액세서리가 아니라

다이아몬드보다 훨씬 귀중한

세상에 오직 하나밖에 없는

보석이라는 걸 잊지 마

내가 나를 먼저

존중해 주고 사랑해 줘야

남들도 나를 존중해 주고 사랑할 수 있어

꼭 한 가지 선택만

정할 필요는 없어

다양하게 선택해도

뭐라고 할 사람 없어

누가 좀 뭐라고 하면 어때

내가 좋다는데

욕심은 원래 끝이 보이지 않아

그래서

내가 지금 과한 욕심인지

아닌지

알기가 힘들어

친구를

오랜만에 만났다

얼굴이

너무 편하고 행복해 보여서

무슨 좋은 일 있냐고 물어봤는데

친구 왈

“욕심을 다 내려놓으니까

그렇게 행복할 수가 없더라.”

김부장의 하루

나의 꿈

글빛
도헌

당신의 하루가

당신의 한 달이

그리고 일 년이

예상치 못한 멋진 일들로 가득하길

당신이 고민하고

선택하는 모든 일에 행운이 가득하길

그리고

꼭

당신의 꿈이 이루어지길...

한 번의 결심이

나에게 기적을 안겨준다

꿈을 찾아봐

후회 없이

꿈을 찾는데

늦었을 때는 없어

그리고

꿈을 상상하고 꼭 적어 봐

그 꿈이

나만의 우주 공간에서 훨훨 날아다닐 거야

처음

꿈을 찾으려면

끝없이 나에게

질문을 해야 한다

정말 내 꿈이 간절하면

방법을 찾을 것이고

만약

변명을 찾는다면

그건 간절한 꿈이 아닐 확률이 높아

지금이

내가 상상했던

나의 모습이 아닐 수도 있어

그럼

내가 상상했던

나의 모습, 나의 꿈을

다시 그리면 되는 거야

나의 인생은

꿈을 공책에 쓰기 전과 후로 나눌 수 있다

꿈을 생각만 하면

잠들었을 때만 이루어지고

꿈을 기록하면

현실에서 이루어진다

세상에서 가장 큰 빌딩도

결국에는 작은 종이에서부터 시작돼

누구나 건축가가 되어

나의 꿈 빌딩을 설계할 수 있어

복권당첨보다

나의 꿈을 이룰 수 있는 확률이

훨씬 더 높아

일단

할 수 있는 건

하나씩 해보는 거야

꿈을 기록하는 것만으로도

꿈과 목표를 현실로 만드는

가장 강력한 도구가 된다는 것은

이미 전 세계 수많은 사람이 증명해 주고 있어

꿈은

같은 꿈이라도

누군가에게는 쉽게 이룰 수 있지만

누군가는 죽을힘을 다해야 가능한 힘든 인생의 목표일 수 있다

그리고

누가 보기에는 거창한 꿈일 수도

또 누군가에게는 허접한 꿈으로 보일 수도 있다

그래서

더욱더 어떤 꿈이든지 상관없다

꿈이 적든 많든 누가 보기에는 허접한 꿈이라 할지라도

지금의 내 생각과 현실의 한계를 넘을 수 있는 것은

오직 꿈을 찾고 기록하는 것이다

내일의

내가 기대가 안 되는 사람은

무조건 작은 꿈부터 찾아야 해

꿈이 있어야

인생이 재미있다

1979년, 대학 졸업생들을 대상으로 설문 조사가 있었다.

"미래에 대한 명확한 꿈이 있는가?"

"만약 있다면 그것을 기록해 두었는가?"

"기록한 다음 그 꿈을 이루기 위한 구체적인 계획은 있는가?"

이 질문에 단지 3%만이 구체적으로 기록해 두었다.

13%는 꿈은 있었지만 종이에 적지는 않았다.

나머지 84%는 구체적인 꿈도 계획도 없었다.

그리고 10년 후.

꿈을 명확하게 적은 3% 학생들은 나머지 97% 학생들보다

평균 연봉이 10배나 높았다고 한다.

위 내용을 보고 연봉으로 수치를 보여주었지만

나는 꿈을 적은 3% 학생들은

97% 학생들보다 10배 그 이상으로 "인생이 재밌었겠다."라는

생각이 먼저 떠올랐다.

인간은

본능적으로

재미를 찾는다고 한다

재미를 위해 목숨까지 거는 사람들을

보면 알 수 있듯이

우리는 평생 동안 재미를 찾아다닌다

하지만

재미만 있는 것은

결과가 없고

결과만 있는 것은 재미가 없다

꿈을 찾는 이유는

재미, 결과 그리고 행복까지 선물로 받기 때문이다

내가 이런 용기가 있다니?!

내가 이렇게 몰입할 수도 있구나!

내가 이걸 해내다니!

꿈을 이루는 과정은

나를 계속

재발견하는 과정이 될 거야

우선

잘하는 것을

목표로 두지 말고

매일 하는 것을

목표로 하자

실패와 성공은

상관없이

내 꿈을 만들고

이루어 가는 경험을

해보는 게

가장 재미있고 가치 있는 일이야

나이가 들수록

멋져 보이는 사람들의 공통점은

바로 꿈을 갖고 있다는 것이다

결과보다

과정이 중요해

결과에만 집착하면 기대치가 높아져서

못 할 것 같으면

아예 포기를 해버리는 경우가 많은데

과정에 집중하면

좌절할 필요도 포기할 이유도 없어

누가 뭐라 해도

나답게

하나씩

성취해 가는 거야

처음에는 좋았다가

나중에는 나빠질 수도 있고

안 좋았다가

나중에 좋아질 수도 있고

지금 당장

눈에 보이지 않는 것에

불안하고

답이 안 보여 좌절할 수도 있지만

답이 없으니 오히려

미래가 흥미롭다고 생각하면서

내가 어떻게 할 수도 없는

어제와 내일에

괴로워하기보다

오늘 후회 없이 최선을 다하는

하루 인생을 완성하면 어떨까

나의 미래를

만들 수 있는 건 오직 나 자신만 할 수 있어

가끔은 죽을 만큼 힘든 날도 있을 거야

그때

꿈이 너를 계속 움직이게 하는 이유가 될 거야

인생은

나만의 정답을 찾아가는 보물찾기 게임이야

다른 사람의 보물을 부러워할 필요도 없어

그건 어차피 나에게 정답이 아니니까

더 이상

내려갈 곳이 없어서

이제는 올라갈 수밖에 없어

나이란

단지 지구상에 머문 시간에 불과하다

100년을 산다고 해도

지구의 나이에 비하면

한 번 반짝하는 빛처럼 찰나의 순간으로 지나갈 뿐이다

그래서

우리는 언제 무엇을 시작해도 늦었다고 생각할 필요가 없다

꿈이 있는 사람은

기회가 없다고

누군가를 원망하지 않는다

내가 선택한 일은

문제가 생겨도

내가 해결하는 습관이 중요해

꿈은

늘 자신 없던 나에게 용기를 갖게 해주고

끈기 없던 내가 뭔가를 끝까지 하게 만들어줬다

실패하지 않았다는 것은

아무것도 안 했다는 증거야

수십 번,

수백 번을 넘어지고

자전거가 앞으로 달리듯

그렇게 하나씩 이뤄 가면 돼

능력은 태도에서 나오고

태도는 생각에서 나온다

어떤 일이든지

태도가

좋은 사람들은

그 일을 성장시키고

성과가 나올 수밖에 없어

나의 꿈과 목표가 없으면

다른 사람의 꿈과 목표에 휩쓸려 따라간다

꿈을 이루는

과정이 너무 힘들지?

그럼

지금 내가 하는 일을

어떻게 최대한 재미있게 만들지?

스스로에게 질문하고

답을 찾으려 노력해 봐

이 답은 자신만이 찾을 수 있어

못 하면 어떡하지

실패하면 어떡하지

VS

어떻게 하면 잘하지

어떻게 하면 문제를 해결하지

꿈과 목표가 확실한

사람은

말보다

행동이 먼저 앞서는 법

지금의

걱정도 곧 지나갈 거야

기대해도 좋아

네가

아직 만나지 못한

즐겁고 신나는 일들이

아주 많이 있어

고마워

꿈이 있어서

나는 앞으로 어떻게 살아야 하지?

이런 생각이 들었다면

바로

꿈의 자동차에 시동을 걸 때야

운전 중

막다른 길이 나오면

옆길을 찾거나

돌아서 나오면 그만이야

나를 탓하거나 길을 탓하는 건

오히려 시간만 버릴 뿐

꿈은 바뀔 수 있어

그렇다고

내 꿈이 사라지는 것은 아니니까

너무 걱정하지마

용기를 가져

넌 할 수 있어

그리고

꼭 해낼 거야

모든 열정을 다해도

사랑은

배신할 수 있지만

꿈은

배신할 일이 없어

때로는

약점이 간절함을 만들어준다

나는 악필이다

어릴 때부터

글씨를 정말 못 써서

발로 쓴 것 같다는 말도 들었다

글씨를 예쁘게 잘 쓰는 친구들을 항상 부러워했고

어떻게 저렇게 글씨를 예쁘게 잘 쓸 수 있을까?

공책에도 칠판에도 잘 쓰는 친구들이 신기하기만 했다

졸업하면

글씨에 대한 스트레스는 없을 거라고 생각했는데

글씨를 써야 할 일은 생각보다 많았다

무엇보다 중요했던 건

내가 좋아하는 사람에게 편지를 꼭 직접 써주고 싶었다

이 방법이 진심을 전할 수 있는 가장 좋은 방법이라고 생각했지만

써줄 수가 없었다

나의 글씨체를 보고 오히려 실망할까 봐

그래서

"예쁜 글씨"를 배우기 시작했고

세상에 나만큼 간절한 사람이 없다고 생각할 정도로 연습했다

그리고

이제는 누군가에게 예쁜 글씨를 가르쳐주는 작가가 되었다

내가

꿈을 존중해 주는 만큼

꿈도

나를 존중해 줄 거야

생각으로는

계획대로 잘될 것 같지만

막상

행동으로 옮기면

계획처럼

안 되는 경우가 더 많더라

그래서

행동을 먼저 하고

계획을 수정하면서 가는 게

더 좋은 것 같아

나의 꿈을 고민할 때

우선

내 마음을 자세히 들여다봐야 해

내가 정한 꿈과 목표가

내가 정말 원해서인지

아니면 누군가에게 인정받으려고 하는 건지

인정받기 위해 정한 꿈은

내가 정말 이 꿈을 이루고 행복할 자신 있는지

나에게 질문하고 꿈을 그려봐야 해

그래야

나중에 후회도 원망도 없어

꿈이 있다는 것은

과거와 현재를 보며 사는 것이 아니라

미래를 보며 산다는 것이다

어디로 가고 있어?

그곳으로 가려고 마음먹었다면

늦더라도 언젠가는

그곳에 꼭 도착할 거야

세상이 원하는

'성공한 삶'이라는 우물에 갇혀

'내가 원하는 삶'을 잃지 않기를

도전해 보지 않고서는

어느 누구도

그 결과를 예상할 수가 없어

내가 마지막이라고

말할 수 있는

힘까지 전부 다 써보고

포기해도 늦지는 않아

나의 꿈

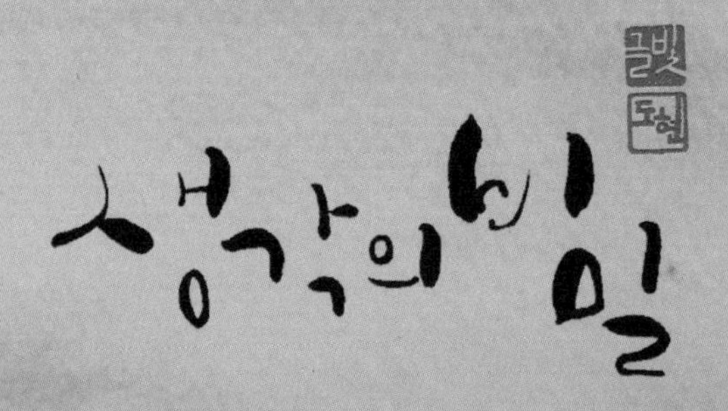
생각의 비밀

내 안에 있는 감사함이

당신 안에 있는 감사함을 끌어당깁니다

지나고 보면

작은 것에 감사할 때

감사한 일이 더 많이 생겼다

불평이 많을 때는

신기하게도 불평할 일이 끝도 없이 생겨났다

그때부터 나는

감사한 일을 끌어당기는 것을

선택하기로 했다

인간의 무의식 세계는

의식 세계보다 힘이 훨씬 강하고 단순하다

예를 들어

라면 먹는 장면을 보고 들으면

나도 모르게 침이 고이고

그날 라면을 먹을 확률이 아주 아주 높아진다

꿈과 목표도 마찬가지다

꿈을 이룬 성공 스토리

긍정적인 글과 말을 자주 보고 들으면

꿈을 이룰 확률이 아주아주 높아진다

딱 3일만 세상을 보는 것이 소원이었던,

태어난 지 19개월 만에 청각과 시각을 모두 잃은

헬렌 켈러(Helen Keller, 1880-1968)는

이런 말을 했다

닫힌 문을 보지 말고

열려 있는 문을 보라

행복의 한쪽 문이 닫히면 다른 쪽 문이 열린다

그러나 우리는 닫힌 문을 오랫동안 보기 때문에

열려 있는 다른 문은 보지 못한다

꿈이 이루어졌다고

상상하기

나의 꿈이

이미 이루어진 것처럼

자신감을 가지고 적극적으로 행동하면

어느 순간

신기하게도 꿈이 이루어져 있을 거야

처음에는

이런 말도 안 되는 글이 이해가 안 되었는데

이미

많은 역사가 증명해 줬잖아

그러니까

이미 꿈을 이룬 사람들을

그리고

자신을

한 번만 믿어봐

나의 생각을

막을 수 있는 것은

이 세상에 아무것도 없어

내 운명을

남에게 맡길 것인가

나에게 맡길 것인가

타인을

자신이 바라는 대로

어떻게 만들 수 있을까

이건

불가능한 욕심이고

불행을 스스로 끌어당길 뿐이야

불안하고

생각대로 일이 잘 풀리지 않을 때가

많을 거야

그럴 때

좋아하는 책을 읽으면 불안감을

기대감으로 바꿀 수 있어

나의 한계는

나만 정할 수 있어

누군가

부정적인 말을 내게 한다면

그 반대로 나에게 다시 말해주면 돼

넌 안 돼

네가 그걸 어떻게 해

그건 너한테 힘들 거야

이런 말을 한다면

나는 돼

나니까 할 수 있어

그건 전혀 힘들지 않아

이렇게

스스로에게 다시 말해주면 되는 거야

내가 인정하지 않으면

아무도 나에게 상처 주는 말을 할 수 없어

오전에

내가 해야 할 일을 해야

오후에

내가 하고 싶은 일을 할 수가 있어

미루는 습관은

결국 나만 손해야

뭘 해야 할지 모르겠다면

중요한 일부터

순위를 정해서

하나씩 게임하듯이 해봐

곧

불행할 사람은

지금의 감사함을 모르는 사람이야

만약 지금

램프의 요정 지니가 나타나

당신이 원하는 돈을 전부 주겠다고 하면

당신은 얼마를 바랄 것인가?

천억 원을 말했다고 하자

지니는 그 돈을 주면서

제안을 한다

만약 이 돈을 받으면

당신은 내일부터 이 세상에 없을 것이다

이 돈을 받을 것인가?

대부분의 사람은 안 받을 것이다

그리고

나의 오늘이 될 내일이 얼마나 가치 있는 날인지,

천 억 그 이상의 가치라는 것을 알 것이다

하지만

이 가치를 모르면

하루를 불평불만으로 채울 것이고

이 가치를 안다면 감사와 고마움으로 채울 것이다

말은

어떻게 하느냐에 따라

독약이 될 수도 있고

치료약이 될 수도 있어

할 수 있다고 믿는 사람은

결국 하게 될 것이고

할 수 없다고 믿는 사람은

결국

할 수 없을 것이다

불행하고 싶으면

불행의 언어를 계속 보고 들으면 되고

행복하고 싶으면

행복의 언어를 계속 보고 들으면 된다

내 힘으로 바꿀 수 있는 건

이 세상에 별로 없다

하지만

지금 당장이라도 바꿀 수 있는 것은

보는 것, 듣는 것, 생각하는 것, 말하는 것

내가 지금부터 무엇을 보고 듣고 생각하고 말하느냐에 따라

절대 바뀔 수 없을 것 같은

나의 환경과 미래도 바꿀 수 있다

무언가를

배우고

그것을 내 것으로 만드는 일은

생각보다

훨씬

즐거운 일이야

배운 것을

아깝게

떠나보내지 말고

내 것으로 만드는 습관을 만들어보자

겸손함은

배움의 자세를 만들어주고

배우고자 하는 마음은

인생의 선물을

받을 준비를 하는 것이다

역사적으로 보면

긍정적인 사람은

부정적인 사람보다

훨씬

쉽고 재미있게 꿈을 이룬다

말이 씨가 된다

내가 생각하고 말하고 쓰는 것은

실체가 될 수 있다

눈에 보이는

모든 것들은

누군가의 상상을 끌어당겨서

세상에 태어났다

생각의 비밀

에필로그

지나고 보면 별일 아닌데 당시에는 죽도록 힘든 일처럼 다가올 때가 가끔 있다. 그럴 땐 위로의 한마디가 큰 힘이 되어 나를 다시 살아나게 해준다.

'과거에 내가 힘들 때 누군가 나에게 이런 말을 해줬으면 얼마나 좋았을까.'
'지금 나에게 이런 말을 해주면 정말 좋겠다.'
'미래에 혹시 내가 방황할 때 누가 이런 말을 해줬으면 좋겠다.'

결국은 나의 과거, 현재, 미래를 위해 나에게 해주고 싶은 말들을 쓰고 있었다.

2017년 1월, 나는 이 책의 마지막 장을 작성하는 상상을 하며 하나씩 기록하기 시작했다.

2023년 8월, 그 상상이 이제 현실이 되어 눈앞에 마주하고 있다.

중간중간 고비가 많았지만 상상하던 미래가 꼭 이루어질 거라는 확신은 변함이 없었다.

이제 다시 상상하고 바라는 건 부디 나에게 해주고 싶은 말들이 이 책을 보고 있는 소중한 누군가에게도 듣고 싶은 말이 되길....
여기까지 읽은 당신의 꿈이 꼭 이루어져서 나에게 다시 전달되길....

읽어주셔서 진심으로, 진심으로 감사드립니다.

★특별부록★

· 나에게 해주는 매일 확언 ·

1. 나는 내가 기록하는 꿈들이 꼭 이루어질 거라 확신한다.

2. 나는 어제보다 모든 면에서 더 좋게 성장했다.

3. 나는 모든 경험에서 후회보다 배울 점을 찾는다.

4. 나는 지금 자유롭고 감사한 일들로 가득 차 있다.

5. 나의 잠재의식에는 위대하고 무한한 가능성이 있다.

6. 나는 어제보다 더 정신적으로 육체적으로 건강하다.

7. 나는 모든 면에서 풍요롭고 행복하다.

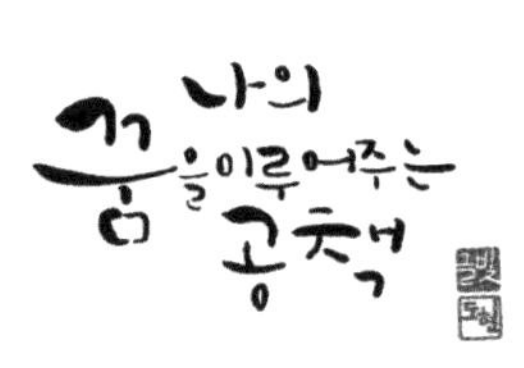
나의
꿈을이루어주는
공책

지금 당장

어떤 사람이 되고 싶은지,

어디에 가고 싶은지,

무엇이 하고 싶은지 기록해 보세요.

그리고 잠시 산책하고 오면

내 안에 신기한 일이 일어나 있을 거예요 :)

Dreams come true

✧ 내가 되고 싶은 나 (편하게 적어보기)

✧ 내가 가고 싶은 곳 (편하게 적어보기)

✧ 내가 하고 싶은 것 (편하게 적어보기)

✣ 5년 뒤 (편하게 적어보기)

⁘ 10년 뒤 (편하게 적어보기)

나의 꿈을 이루어주는 공책

1판 1쇄 발행 2023년 9월 27일

저자 글빛도현

교정 신선미 **편집** 문서아 **마케팅・지원** 김혜지

펴낸곳 (주)하움출판사 **펴낸이** 문현광

이메일 haum1000@naver.com **홈페이지** haum.kr
블로그 blog.naver.com/haum1000 **인스타그램** @haum1007

ISBN 979-11-6440-435-3 (03810)

좋은 책을 만들겠습니다.
하움출판사는 독자 여러분의 의견에 항상 귀 기울이고 있습니다.
파본은 구입처에서 교환해 드립니다.